作者简介

　　王伟，男，北京市某外企咨询顾问。 出生于河北，"80 后"。自中学时代起就对中外文学特别是诗歌产生浓厚兴趣。

王伟◎著

秋念冬颠

百花洲文艺出版社
BAIHUAZHOU LITERATURE AND ART PRESS

图书在版编目（CIP）数据

秋念冬颠 / 王伟著 . -- 南昌：百花洲文艺出版社，
2023.5
ISBN 978-7-5500-4965-9

Ⅰ . ①秋… Ⅱ . ①王… Ⅲ . ①诗集—中国—当代②散
文集—中国—当代 Ⅳ . ① I217.2

中国国家版本馆 CIP 数据核字（2023）第 021305 号

秋念冬颠
QIU NIAN DONG DIAN

王　伟　著

责任编辑	许　复
特约编辑	江　微
书籍设计	汇文书联
制　作	汇文书联
出版发行	百花洲文艺出版社
社　址	南昌市红谷滩区世贸路 898 号博能中心一期 A 座 20 楼
邮　编	330038
经　销	全国新华书店
印　刷	武汉鑫佳捷印务有限公司
开　本	880mm × 1230mm　1/32　　印张　1.375
版　次	2023 年 5 月第 1 版第 1 次印刷
字　数	29 千字
书　号	ISBN 978-7-5500-4965-9
定　价	58.00 元

赣版权登字　05-2023-72

网址　http://www.bhzwy.com
图书若有印装错误，影响阅读，可向承印厂联系调换。

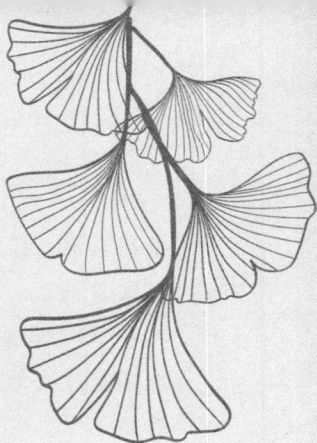

自 序

　　我不记得这是第几支烟了，反正我的嘴唇已经有点发黑、舌头有点发麻了。就像是一场邂逅之后的那种轻腻。本来我最近很少抽烟了，因为我不信它的魔力了，更因为现在一支烟的功能徒有其表。但我喜欢烟雾缭绕的感觉，就像朦胧中幻影的飞翔。但它实在给不了我快感。算了，扔了吧！

　　如果说写诗是一种能力，那么我认为这种能力是天生的。时不时地总会飘来几句深意满满的句子。我不惊讶亦不好奇，人是有感情的，用博大精深的中国文字抒发一下感情，再正常不过了。你我皆能写。

　　莽莽撞撞的四十个春秋，注定要有个交代，算是留给自己的一个礼物。出本诗集，这个想法在我脑海里转了快20年，一直未能实现。正好赶上一段空白期，整理了自己早期的几十首作品，编辑成册。我学不来顾城的梦中作诗醒来写诗的状态，更达不到海子的舍生取义的纯粹的精神升华。他们其实在我心里就是神，我的老师。为了建造那诗的梦幻的乐园，膜拜、叹息、回味……值了。

　　简简单单地活着，珍惜每一个给予我们回忆的人。是的，我们多需要一块属于自己的乐园啊。在里面创造理想、湮灭世俗、

秋念冬颤

1

播撒喜悦、流露温暖、烧毁谎言……燃尽最后的力量，像礼花一样绽放一生。但往往总会被这样那样的事情淹没。

我凝睇着深藏在梦里的朝阳，时惊时喜时忧。忧的是我还能回到过去的状态吗？洒脱地写完一首诗，就可以不管不顾地念给她们听，无论好坏。甚至于突兀地一下灵感闪现，会兴奋好几天。绕开纷争，逃离喧嚣，回归自然。真的会有这样的世界吗？

现在的我清楚我爱谁，就像我每天回家都要路过的积水潭一样。一到雨雪天气，积水一潭一潭，名不虚传。

抽完这支烟，我要看见明天……

2022 年 5 月 28 日修改

秋念冬巅

2

目 录

秋念冬颠

秋念冬颠

彩虹

明媚的早晨从我身边溜走了。
固执地恋上了明天。
曾试着伸手去抱她，她不理我。
写诗献媚于她，
竟然只是空气中的一点波澜。
其实我中意的是她手里五彩的手袋；
里面住着一个个平凡的静忆春梦的精灵。
和它们在一起不需要技巧，
保持着微笑和一颗平常的心。
希冀彩虹般的微笑常常挂在早晨的脸上，
像她的手袋让我着迷。
多么想我的心是一片天空。
等着她来分割一个个早晨，
明媚地恋上我，
带着彩虹般的微笑。

秋念冬颠

心·夜

夜下。我多想躺在你的怀里。
倾听着你的心跳。
品味着你的气息。
包围着我的你。

抬头深情地望着宁静熠熠的星空。
和它们互诉衷肠，恍如隔世。
欢快时我的眼睛是湿的，
对它们快乐地眨眼。
流星落下我试着拭去悲伤的泪水。
别怕。前方的路已是漆黑，
用我的泪光照亮吧！

露宿在田野里、河塘边、你的心里。
我想说我是双恋人。
恋着美丽的你恋着宁静如雪的星空。
幸福。
幸运。
幸好有你们。

秋念冬颠

安放在左肩的痣

你是我左肩的一颗痣，
静静地依偎在我的皮肤里。
每每回头望去，
不禁眼润身颤，心不由己。
撕碎的文字，斟满忘怀的酒。
仿佛还在我身边，不曾走远。
我愿绿色的阳光，浸透我的身躯。
一颗自省的星不停地闪耀，
冲破阳光的阻碍，
述说平凡的世界。
安放在左肩的痣。

秋念冬颇

女人啊！

女人啊，你不仅是神，
更是美丽的图腾。
我会永远用心来看护你。
让我的生命一半是你一半是梦。
让美的诗歌融入记忆，
超绝地洒下荣光。
让遨游世界自由的心满载爱你的信念。
让你的吻，
如入夜的花朵沉柔温香。
让深爱你的我遇见深爱我的你。
呵！美丽的结局。

秋念冬颠

秋水

在这暗绿的一潭秋水中，
投入一团惹事的风帘。
绿水就像长了翅膀的女人的心在蟒绿的命运中不自主
地沉浮。
我迫切地想望，
一朵异荡的花，
开上时间的尖顶！
你为什么不来，你舍得吗？
我知道你懂，你的不来是销毁的昏迷，
浇灭了我生命中秦河的梦境。
在疲倦中沉默，
对着光阴怅惘。
但天知道我亮着爱，
等人睬。

秋念冬颠

月·秋

我是天上的月亮，
投射出低垂的光华。
像一个婴儿，
紧紧偎依在变乱的时光里，
自在，轻盈，落寞。
吹下一抹新甜，
掉落你的窗前，轻柔得就像缠绵的诗情，
不带走一丝星鳞。
我知道，
过了今夜，
我将残缺地浮在虚空里。
梦，洒开了轻柔的纱，
我的爱也攀裹在这轻柔里。
早秋的媚迹，展开了，
婴儿的微笑！

秋念冬颜

25 岁的心……

我已经 25 岁了。

岁月的感召是如此僵硬，我不渴求他人的柔心。

但我企盼恋与刚，我不愿无情。

留下梦的躯壳，凭吊残骸的灰烬。

秋念冬颠

红叶

今年的红叶为什么这样红，
为什么这样蠢蠢欲动，
尤其是在雨落幽谷的时候？
昨天，我还是个孩子。
发了疯地找寻胜似红焰的叶子，
遮盖赤裸的身躯。
我会做一件圣衣，做自己的国王。
昨天，我是个情种。
随这红叶慢慢变紫。
一颗星在半空窥视，一个字，就一个字。
谁能轻易说出，
哪样才是我的感动？
今天，还有今天。
我不再是个孩子，
也回不去那幽谷的边沿。
头顶不见了颜色，
指点着永恒的逍遥。
我看到了幻梦的玉杯已碎，
悲凉地和着暮天的飞叶，
漠然地冷笑。

秋念冬颠

走下去?

就这样走下去?
呼吸着灵动的神韵，默祈这一世的安康。
只要我愿意，此刻我便可以一睡不起，
直到化尘而去。
我之所以不肯离去，不是没有缘由的。
我习惯了在梦里与你相约，
没有你的梦又怎能让我安心?
我永远不知道眼泪的滋味，
因为我生长在快乐的土地里。
我之所以要流泪，不是没有缘由的。
脸上的微笑是我们相聚的印证。
离开的日子，咸咸的泪水是我念你的丝带。
在我的细密热烈的世界里，是一切束缚都没有的。
我之所以放弃我的自由，不是没有缘由的。
我知道无穷的快乐藏在我们灵与爱的交融里。
吃下爱情的果实，其甜美远胜过自由。
日来年往。
你永远用种种姿态，来打动我的心。

秋念冬颜

永恋

我坐在广阔的夜空下想你，
手里拿着烟。
静寂的窝巢，温暖的家。
灯火只是我眼中的过客，留下了影迹，
忘却了纪念。
残月显露出微醺的神态。
为什么，我的孤寂总是浮游而出？
为什么，我们的红线老人总是迟到？
为什么，我嘴里的烟草没有了味道？
我不做苦行的僧人，
我要努力在我的行为中表现你，
因为你是我的女神。
我会让你的生命像花的蕊心，
在时间的尖峰美丽永恒。
空气中满是爱恋的色彩，
吸爱呼恋，
永不凋零！

秋念冬颠

死的时候

我死的时候，亲爱的。
别为我掉下悲伤的泪。
我的坟墓不必在宝地之上，我愿化作尘埃，
在你的周围萦绕，永不停息。
要是你伤心，就飞回记忆的起点。
忘却，忘记吧！
我再见不到你青春的气息，
觉不到你香唇的温柔，
在悲啼的黑暗中彷徨。
一边是热闹的人间，
一边是寂静的昏域。
再不见了，亲爱的。
也许我还记得，
也许我早已忘记。

秋念冬颠

诗·情

我的心，孤寂的飞鸟，
在你的双眸里找到了天堂。
那里有最美的星辰。
那里有清韵的摇篮。
冲破了迷失的雾霾，点燃爱恋的火焰，
在自由的天空中比翼双飞。
挥动着翅膀，
我们心的热光就融入了爱的永恒。
我爱，你可知恋爱的觉醒，
香甜的蓓蕾，如三月的春梦流连在我的肢体上。
我牵，你可知熏香的牵挂，
花样的舞蹈，都包缠在这爱意的轻纱中窒息了我的心。
宝贝！就这样来吧！
来到我的身边。
不要再让寂寞一次次地占领我的心！

秋念冬颠

这一刻

这一刻我是如此的干净，
我的躯体不落一星尘埃。
远方的云朵破茧而来，
仿佛参加一场纯情的约会。
这一刻是没有人烟的世纪，
我的眼前荒芜辽远。
静静地听一听，
心的诉说才是起死的灵丹妙药。
这一刻一切都是美好的，
战争、贪欲、谎言都与我无关。
一星的尘埃不落我的躯体，
人间的事非打死也不再来。
这一刻是这样的短暂，
还来不及吸入，就已香消玉殒。
泪早干了，
心早枯了，
人早沉了。
我不盼满城尽带黄金甲，
望干净的世界多驻足。
我仅求。

秋念冬颠

眼前

我怎么了？
头晕得捕捉不到一刻的喘息。
落寞的四野，
把一床上好的黑纱倾泻下来，
映衬着点点的星光。
我知道你爱黑色甚过自己的生命，
永恒的黑总是让无数人牵挂。
时间还没有到，
你就不会偎依在我的怀里。
但我已经溶化在那夜宴的酒杯中了，
伴着欢娱消融。
我的爱人，
满域的月儿散映成玉，
它撒下无量的珠宝散缀大地。
亲爱的，
欢乐已在空中舒展，包裹着爱的旅程。
还有什么让我们不在一起的理由吗？
除非眼前的一切发了霉，长了疮。

秋念冬颠

闷

闷，我快爆炸了。

我的身体已经沾满了汗水，街上的人们却似乎很快乐。

可我已筋断力竭。

闭上双眼，我想我爱的人现在都很快乐吧。

有些东西不会再回来了，有些事情不必再计较了。

真的，就像昨夜的星光很少有人能目送它离开。

遗忘，我很少能做到。

最多也就遗而不忘。

我爱一切与梦有关的事物，那是一种宿命的色彩。

我想这才是最酷的。

诗是我的外衣，小说是我的身体，爱是我的心脏。

活着为什么？

你能回答吗？

闷，我是裂开的黄豆。

让无用的世界点缀我们。

秋念冬颠

请让我……

请让我走到你的身边，贴近你心的深处。
温暖我像孩子般纯洁爱你的心。
此刻，世间万物都是虚无飘摇的，
只有两颗对称的心重叠、交融。
我鄙视金元恋情，
因为它的价值和一车白菜没什么区别，
只能用来过冬。
请让我手里的光阴无限。
夜来明往，
幸福的等待是我珍爱你的唯一方式。
我唯恐这等待无多。
我祈祷，
性急的时间能在爱的深处驻足停留，
让有情人终成眷属。
请让我知道这是你的爱。
我的爱人——
树叶上欢快的金光、天空中停留的闲云、脸颊上清爽
的凉风。
这是你为我准备的清晨风景吗?
呼吸着清淡的空气，那是你传递给我心的信息。

秋念冬颜

爱你

起来吧，勇敢的"恋士"！
不要犹豫了，就是她。
让丘比特之箭穿连你我的心。
甜嫩的空气像花一般在四周开放，
羞柔的蜜蕾汹进我的心。
当我吻你的脸使你微笑的时候，
当我把礼物递到你手中的时候，
当我爱你你爱我的时候，
我的宝贝！
我明白了，看你的照片使我怎样的痴情愉快。
我明白了，热爱的人每时每刻都如此地交融。
我明白了，还做什么人啊这辈子，如果不爱你。
我的女人！

秋念冬颠

夜思

当我失忆的瞬间，我把自己丢了，
托着世俗的铠甲躺在冰冷的床上。
当我喝醉的那天，烟酒的精华注入我的灵魂，
孤寂的烟圈升入天堂。
当我进来的时候，我想着你的到来，填充着生命的苍白。
雨落花谢，身冷思断。
缺了角的干粮，得了病的战马，
烧了一半的地图，我看不到五米外的地方。
不关心现在，只顾低头走路。
谁可相依，我不停地问，不停地追，直到老去。
色与涩，
夜与咽，
爱与哀，
我疯狂。

秋念冬颠

忘记她

黑夜还在吞噬。
月儿沉淀在夜里就像一颗痣，
暗淡，放任，永熠。
唤不醒岁月的感召，
就是一把萎靡的手枪对着你，
随时扣动扳机。
我们都是幸存者，
在天与地之间想着，做着，
远方的远方你在哪儿呀？
没有尽头。

秋
念
冬
颠

我的爱

我的爱只能这样了，我不想再迟疑，决不可失去机会。

好与坏在你心中，那个重，不用说。

恋爱的迷谜，只要有了线索，就不会停息。

叫我的心感觉的你温暖。

你的心肠，你的面貌，我都一一记下。

在清风中你我迎着命脉的跳动，共同度过。

娇艳照亮了浓密，像是彩云。

还做什么人啊，这辈子要是没有你！我想。

秋念冬颜

野蛮生长

　　当清晨的阳光落在理想的生命里，
　　我却想画一块金元，
　　抛给未知的空洞。
　　远方还有什么？
　　海洋、飞鸟、暗流……
　　我的心暗淡下来了，
　　干涸地吹弹即破。
　　播撒着坚强的生命。

秋念冬颜

爱情

灵魂，
一瞬融合。
又甘于寂寞。
时间，
姑娘的怀抱，
走了不来。
剩下了底色。

秋念冬巅

我们的世界充满了希望！

沉寂的我找不到一种安慰，
可以让我走过现在还有未来。
强烈的欲望冲刷着我双眼，
我看到了漫天的红色。
那是瑰丽的红吗？
干咳，呕吐，不停地颤抖。
我明白了，沉寂过久的结果诱发了干咳。

抬头望望天，
满天都是清新的空气，我可以顺畅地呼吸。
春天自古就是一个害羞姑娘，
常常戴着黄色的面纱。
难道真的羞于见人吗？
是的。
哪怕你是自古的春姑娘。
孤魂野鬼、欲望希望、爱恋情缘、病毒尘埃，
在我们的四周来来往往，不停不息。

秋念冬颠

躺在床上，
不再怨恨这个糟糕的世界了。
一个不断臃肿肥大的男人罢了。
可怜地站在这个星球之上，
浸淫在希望的怀抱。
每天每时每刻每秒我都在想你，
想你的希望充满这个世界！

秋念冬颠

你让我快乐

是你让我看清了深夜里晚秋的上弦月，
好像刺破轻纱的精密的贡绣，如丝、如念、如钩……
钩住了我的灵、我的魂、我的魄……
祈祷着这一世的缠绵、安康、快乐……

是你已经让我的生活归于你的统治，
四季的轮回赋予了万代千秋的注脚，绵长、永久……
绝不会允许侵犯、颠覆、夭折……
走过情深，跨过一往，不变如钩……

今夜我还不想睡去，
孤独的时刻还有残月的陪伴。
思念的网犹如一捧蓝蓝的吻，
燃烧着篝火上我孤独的臂膀。

秋念冬颠

无题 （一）

石穿水碧辙痕晓，蕊香生翼凤啼鸟。
熟律敲醒深林晚，夜夜无眠盼伊安。

无题 （二）

一苗一树一落花，影淖轻舞赐遥丝。
忆昔秋长寒飘去，晓春临园汝靓来。

无题 （三）

围炉映书字如馨，爱愁悔忆不连篇。
蕊上心头观景至，欣欣赏荣情漫长。

秋念冬颠

秋黛

月清天朗数风流，操备诸葛亦尽麟。
正蚀哀思沁莳题，秋黛筇汀祭中明。

夜梦

星河落日深，黛月隐居中。
独立千重夜，空忆思更稠。
吾爱蝶飞伴，因风想花祭。
遥情夜长醉，梦醒愿今朝。

秋念冬巅

思

日落斜阳孤鸟还，轻风花影渐进衰。
春朝一梦思红袖，泪湿枕边少一人。

醉

落寞一日醉，圣光尽来归。
遂谋山中卧，不顾世人期。
既已世门内，孰云桃花记？
夜夜思无用，处处扮愁颜。
置酒太白庙，同意与我为。
蓬莱建安塌，醉梦秋山中。

秋念冬颠

春樱

夕日星辰微醺满，远山傍眠簌映红。
拂尔一阵樱樱落，不知赘入百姓家。

除夕

金葵映日霞，猴申当祛襄。
报与宫阙妙，喜春早入欢。

秋念冬颠

秋念冬颠

那年秋天，流溢着几个值得回味的秋的故事。每一件都需要细细咀嚼。我讲一个故事与一个女孩，或许这个女孩是几个女孩的集合体。

某个初秋的早晨。晨露还有些湿，熹微的日光铺进每个角落，哪怕是我的眼里，也揉进几缕微弱的光，酸酸的，就像吃了一颗话梅糖，一直影响到我的视觉。我还在上大学，常常躺在宿舍松软的床上，做着流光溢彩的春秋大梦。

学了个当时时髦、学完荒废的专业。逃课、喝酒、逛街、打牌等无聊至极，就是看不进去那点所谓的科学知识。无聊之余写一些愤青式的痛骂教育制度的文章，后果就是每年的补考费期期不落。后来无聊时就看看徐志摩、泰戈尔、舒婷的诗。那时我不写诗，因为诗人是供人仰望的，而我不够格儿。

爬起床，收拾干净。脑海里思索着今天去哪儿。盘算了一下，干脆去逛街吧，占尽恩赐的秋的一瞬。习惯了一个人逛街，还没有女友，也没有志同道合的朋友，唯一的好处就是自由。揣好了学生月票，可以趾高气昂地游遍公交车可以到达的地方。我喜欢西单，因为它离我的宿舍不远，还因为那里的姑娘漂亮。悠悠地一个人来到了西单。人不少，他们就像是在接受某种洗礼，来来往往。我放弃坐在路边或水吧去欣赏"风景"的念头，直奔声名远扬、人来人往的图书大厦。那时它是书的海洋、知识的圣地。

我留恋当时的图书大厦的二楼和三楼，里面充满了我钟意的小说、诗集、动漫、音像、艺术画刊等。习惯在每一处匆匆地浏览，暗记下自己喜欢的书籍的位置，然后回头细品。有点像一

秋念冬颠

头狮子舔舐完一整头猎物之后再细嚼慢咽。我觉得我不是狮子而是虱子，吸食我需要的营养。斜靠在书架旁翻看着《挪威森林》。时间久了，准备去喝点水，去寻找附近的兴奋指数。慢踱到"时装杂志"书架前，随便翻看几本时装杂志。无意中看到一个身材高挑、黄发披肩、非常时髦的女孩斜靠在书架上翻阅一本《昕薇》杂志。我故意走近，也拿起一本杂志胡乱翻了起来。我偷偷地看了她一眼。肤色白皙，细眉大眼，高鼻梁，薄嘴唇，有些俄国姑娘的样子。她化了精致的妆，显得那么脱俗不凡，温柔中带着一点英气，明眸里却闪烁着幽怨的光。我爱看漂亮姑娘笑，她们一笑我就能感受到她们的存在，没有离我而去。她也是！

　　时间是这个世界的主宰，亦是一切可能的开始。突然她的呼机响了，好像有什么事需要回电话，她匆忙放下手中的书正准备走时，我不知从哪里来的勇气，如幼苗钻破土壤，毅然把自己的手机借给她回电。当时我很单纯，她也一样吧？

　　事后我知道她叫小秋，秋天的秋。初秋时节出生的她，带着秋的忧郁来到了我的身边。她说她喜欢黑色，每件衣服都是黑的，因为这个颜色永不过时。她很洋气，要买很多流行的东西：衣服、化妆品、饰物、杂志、发饰、包等。她喜欢吃鸡肉，说鸡肉不容易长胖。她还说她是单亲家庭长大……我们就这样开始交往了。

　　幸福有时不会无缘无故地找到你，但我很享受。过马路时我会轻盈地避让各式汽车，而她会紧紧抓着我的手，让我不得不照顾她的节奏。散步聊天时，我知道了眉笔、腮红、唇膏等品牌和它们的使用方法。我很爱她，无缘由地爱她，甚至为她写诗，为她撒谎，为她乱了分寸。

　　看着她的眼睛，我虔诚地对她说："认识你之前我梦到过

秋念冬颠

与一个黄色头发女孩的邂逅，而你是我圆梦的对象。"她怔了一下，笑了。我是认真的。她还在我的眼里。而这一年的冬天她走了，带着秋的晚露吹损在风里。我没有告别。她说她有她的苦衷。我爱她，不会怪她。走吧，祝她好运！

　　这一年北京的冬天，雪花飘飘，湿润异常。白色铺满了这个季节。远处群山裹上了厚厚的积雪，不见一丁点儿的杂色，给人一种心旷神怡的滋味。近处的雪花堆积出一个个形态各异、巧夺天工的造型，真是多一分则形拙意缺，短一寸则意犹未到。好一幅自然画卷，好一件自然工艺。人类的那些玩意儿真可以消损了，实不可惜。我把爱恋收起，暂不再拿。让我的思绪一点点地消融在风雪交替的一个个夜晚吧。

　　这些年我想了很多，也看了很多。不管它是喜还是悲，我都一一掠过。

　　躺在马尔维纳斯群岛通透得不可思议的空气里仰望星空，我可以看到真爱。那些可爱星座是我们爱情永远的图腾。永远到底有多远，多远才算是永远？

写于 2009 年
2022 年 5 月修改

秋念冬颠